D1661332

Jeder Tag ist ein kleines Leben. Arthur Schopenhauer

Bejahe den Tag, wie er dir geschenkt wird!
Antoine de Saint-Exupéry

Leben heißt: heute dasein. Sören Kierkegaard

Wer sich heute freuen kann, der soll nicht warten bis morgen. Johann Heinrich Pestalozzi

Frage die Sonne, was sie davon hat, Tag und Nacht um die Erde zu gehen. Und siehe, sie geht! Fröhlich wie 'n Bräutigam, und vom Aufgang bis zum Niedergang triefen ihre Fußstapfen von Segen. Matthias Claudius

Wir freuen uns, wenn wir von einem hinter uns liegenden Tag den Eindruck haben, er sei sinnvoll gelebt. Aber was macht einen Tag sinnvoll?
Diese Frage ist nicht einheitlich, nicht für jeden Menschen in gleicher Weise zu beantworten. Erscheint dem einen der Tag sinnvoll, wenn er mit Arbeit gefüllt ist, so dem andern, wenn er voller Ferienfreuden steckt.
Ob nun einer arbeitet, ob einer Ferien macht – er sei jeweils ganz da, ganz gegenwärtig, des heutigen Tages froh.
Der Tag ist ein Geschenk. Wir sollten nicht gedankenlos in den Tag hineinleben, sondern den Tag ausleben, er-leben, das heißt nämlich: hervorleben, Leben aus ihm herausholen. Wir sollen die Zeit auskaufen, sagt die Bibel. Das meint nicht, daß wir möglichst viel in den Tag hineinstopfen, ihn gleichsam mästen sollen, damit er uns nähre. Pausenlose Arbeit und pausenlose Vergnügung sind beide schädlich, wirken erschöpfend und abstumpfend.

Erfüllte, sinnvoll gefüllte Zeit kann ein Tag auch bedeuten, wenn der Mensch Stunden des Träumens, Sinnens, Denkens und Dichtens, des Spielens oder des Naturerlebens verbracht hat. So schreibt Eduard Mörike in einem Sonett:

Am Waldsaum kann ich lange Nachmittage,
dem Kuckuck horchend, in dem Grase liegen.

Scheinbar untätig erweckt er den Eindruck, er vergeude seine Zeit:

Wie schön Poeten ihre Zeit verschwenden!

Dabei ist er nicht tatenlos. Zwar kann das Träumen und Sinnen allein schon einen Wert enthalten. Aber in diesem Gedicht gibt Mörike zuletzt zu verstehen, daß sich ihm »wie von selber« Verse gestalten, »indes die Augen in der Ferne weiden«.

Wer, wie Mörike, seine Zeit zu verschwenden scheint, mag am Ende nichts geschafft, dafür aber etwas geschaffen haben, auch wenn er kein Dichter ist.

Auch die Schlaf-Zeit ist keine verlorene Zeit. Ohne sie bekämen wir keine Kraft für die Zeit des Wachens. Georg Christoph Lichtenberg, philosophischer Geist und Physiker des 18. Jahrhunderts, sagt: »Was ist der Mensch im Schlaf? Er ist eine bloße Pflanze; und also muß das Meisterstück der Schöpfung zuweilen eine Pflanze werden, um einige Stunden am Tage das Meisterstück der Schöpfung repräsentieren zu können.«
Für den Augenblick vor dem Schlafen aber hat einst Hermann Hesse in einem Gedicht den guten Rat gegeben:

Jeden Abend sollst du deinen Tag
prüfen, ob er Gott gefallen mag.

Die Endsumme wahrhaft erlebter Tage ergibt ein erfülltes Leben.

DER TAG

Ob einer schläft, ob einer wacht,
sein Tag beginnt zur Mitternacht,

läuft seine vorbestimmte Runde
und endet auch zu solcher Stunde.

Er läuft im Kreise, sagt die Uhr.
Jedoch ein Kreislauf scheint es nur.

Wohl bleibt der Erde Bahn die gleiche,
als ob sie nie ein Ziel erreiche,

in zahllos wiederholten Malen.
Die Zeit, sie dreht sich in Spiralen.

Zum Anfang kehrt kein Tag zurück.
Dem Ziel entgegen ging's ein Stück.

So laßt uns tagbewußter leben,
die Zeit gefüllt Gott wiedergeben.

Er gab sie uns. Im Heute treu
empfangen wir sie täglich neu.

Tue an diesem Tag, was du an ihm tun kannst, und laß für den andern den Herrn sorgen. Emil Frommel

Paß du nur auf, daß du frei wirst von der Plage für den morgigen Tag, nimm du nur ruhig und froh mit Dank die Plage jedes Tages hin. Sören Kierkegaard

Solange uns die Sonne scheint, ist Zeit des Wirkens, bis unsere Tage ausgelebt und wie einzelne Tropfen vom Dach niedergefallen sind. Jakob Grimm

Vom Aufgang der Sonne bis zu ihrem Niedergang sei gelobet der Name des Herrn! Psalm 113, 3

Zum Leben gehört der Tod. Zum Menschsein gehören Krankheit, Schmerzen und Leid. Können Tage unter diesen Vorzeichen auch er-lebt werden? Kann auch aus ihnen Leben hervorgeholt werden?
Gewiß nicht immer unmittelbar. Aber wir möchten mit dem Schweizer Theo Brüggemann bedenken: »Es gibt Menschen, denen Gott einen ganz persönlichen Staudamm ins Leben gebaut hat: ihnen die Berufsaussichten verbaut, sie mit den Folgen einer Krankheit blockiert, ihnen einen Ehepartner zugespielt, an dem sie lebenslänglich zu schleppen haben – kurz, Gott hat ihnen den Hahn ihres Lebens abgedreht, daß er eigentlich nur noch tröpfeln müßte. Aber nun machen sie zu ihrem eigenen Erstaunen die Erfahrung, daß ihr Leben nicht auströpfelt, sondern überfließt.«
Solche Erfahrung macht freilich nur, wer – wie Eduard Mörike – bekennen kann, daß alles, »Liebes oder Leides«, aus Gottes »Händen quillt«. Bergend umfassen diese Hände den hellen wie den dunklen Tag.

UM MITTERNACHT

Gelassen stieg die Nacht ans Land,
lehnt träumend an der Berge Wand;
ihr Auge sieht die goldne Waage nun
der Zeit in gleichen Schalen stille ruhn.
Und kecker rauschen die Quellen hervor,
sie singen der Mutter, der Nacht, ins Ohr
vom Tage,
vom heute gewesenen Tage.

Das uralt alte Schlummerlied –
sie achtet's nicht, sie ist es müd;
ihr klingt des Himmels Bläue süßer noch,
der flüchtgen Stunden gleichgeschwungnes Joch.
Doch immer behalten die Quellen das Wort,
es singen die Wasser im Schlafe noch fort
vom Tage,
vom heute gewesenen Tage.

Eduard Mörike